FACULTÉ DE MÉDECINE DE PARIS

CHAIRE D'HISTOIRE DE LA MÉDECINE ET DE LA CHIRURGIE

Leçon d'Ouverture

PAR

M. le Prof. GILBERT BALLET

Extrait du BULLETIN MÉDICAL du 18 mars 1908.

PARIS

Imprimerie Jean Gainche, R. Tancrède Succ^r

15, rue de Verneuil, 15

1908

CHAIRE D'HISTOIRE DE LA MÉDECINE ET DE LA CHIRURGIE

Leçon d'Ouverture

PAR

M. le Prof^r GILBERT BALLET

Extrait du BULLETIN MÉDICAL du 18 mars 1908.

PARIS

Imprimerie Jean Gainche, R. Tancrède Succ^r

15, rue de Verneuil, 15

1908

LEÇON D'OUVERTURE

DE

M. le professeur Gilbert BALLET

(13 Mars 1908)

Messieurs,

L'appréhension que j'éprouve en prenant possession de la chaire d'Histoire de la médecine est trop légitime pour que je cherche à la dissimuler.

Je sais les joies que procure l'enseignement, mais j'en connais aussi les difficultés et les périls. Je les redoute d'autant plus aujourd'hui que, chargé d'un cours magistral, j'ai conscience que ce n'est plus seulement ma responsabilité propre qui est engagée, mais aussi, dans une certaine mesure, celle des maîtres qui m'ont fait l'honneur, l'insigne honneur de me le confier. J'ai l'obligation, sous peine de les compromettre, de tenir à votre égard la promesse tacite que leur vote unanime implique.

Ne soyez pas surpris qu'en calculant mes forces, je craigne de ne pas être à la hauteur de la tâche qui m'incombe et de l'engagement que j'ai contracté en l'acceptant.

Votre accueil, il est vrai, me rassure un peu et me réconforte. Du fond du cœur, je vous en exprime toute ma gratitude.

J'en ressens, à cette heure, une très vive pour ceux d'entre vous qui se sont groupés autour de moi, partout où, depuis longtemps déjà, j'ai assumé la tâche d'enseigner, ici même, dans cette Faculté, comme agrégé, à l'hôpital Necker, à Sainte-Anne comme chargé de cours, à Saint-Antoine surtout et à l'Hôtel-Dieu. Qu'ils me permettent de saisir l'occasion pour les remercier de tout ce que je leur dois : ils m'ont rendu agréable et profitable l'enseignement, qui a été et restera, j'espère, l'une des grandes satisfactions de ma vie; ils ont

_— 4 —_

fait plus : ils ont été mes répondants devant la Faculté, et je
ne crois pas me tromper en pensant que l'écho de leur voix
a grandement pesé sur sa décision.

Je leur en dis merci! Puis-je, sans indiscrétion, me per-
mettre de leur demander un peu plus que leur sympathie, la
continuation de leur collaboration, dont je voudrais rester
digne?

*
* *

L'anatomiste Sténon (1) ayant à faire « à MM. de l'As-
semblée, qui se tenait chez M. Thévenot », un discours sur
l'anatomie du cerveau — nous dirions aujourd'hui une con-
férence — s'excusait modestement de son insuffisance dans
les termes suivants : « Au lieu de vous promettre de conten-
ter votre curiosité touchant l'anatomie du cerveau, je vous
fais icy une confession sincère et publique que je n'y connais
rien. » Avec la même franchise, j'aurai devant vous la même
humilité. J'ignore l'histoire de la médecine...; mais, je l'ap-
prendrai pour vous l'enseigner.

Cet aveu ne coûte pas à mon amour-propre. « Je souhai-
terais de tout mon cœur — comme disait encore Sténon — d'ê-
tre le seul qui fût obligé de parler de la sorte. » Le champ de
l'Histoire médicale est tel, en effet, que personne ne peut se
flatter de l'avoir parcouru, je ne dis pas en entier, mais seulement dans sa plus grande partie.

Jugez plutôt. Il comprend la biographie médicale, c'est
à-dire l'histoire des personnalités qui, à un titre quelconque,
ont joué un rôle dans l'évolution de la science, et celle de
leurs œuvres, l'histoire des doctrines et des systèmes, celle
des maladies, épidémiques ou sporadiques, anciennes ou
nouvelles, persistantes ou éteintes, envisagées tant au point
de vue de leur évolution dans le temps, qu'à celui des phases
de leur histoire en rapport avec les progrès de la médecine;
il comprend l'histoire de la nosographie, c'est-à-dire du
développement de nos connaissances en séméiologie, en
anatomie pathologique, en pathogénie, subordonné lui-même

____

(1) A Paris, chez Robert de Ninoille, au bout du pont Saint-
Michel, au coin de la rue de la Huchette, à l'Escu de France et de
Navarre, MDCLXIX, avec privilège du roi.

aux perfectionnements de nos techniques; et je semble
n'avoir en vue que la médecine. Mais il y a la chirurgie, et
l'anatomie, et la physiologie, et la médecine légale, et l'hy-
giène; j'en oublie. Il y a l'histoire des institutions, et la
bibliographie, qui est la technique de l'histoire. Songez,
d'ailleurs, que le développement des sciences médicales ne
s'est pas fait isolément, qu'il a été influencé par celui des
autres sciences et qu'il l'a souvent influencé plus ou moins
directement à son tour, qu'au demeurant, l'état de la civili-
sation et des mœurs, aux diverses époques, a une étroite con-
nexité avec celui de la médecine et qu'on ne peut suivre
l'évolution de cette dernière sans incursionner dans l'histoire
générale et dans celle des sciences voisines : dites-moi si
quelqu'un peut aujourd'hui avoir légitimement la prétention
de savoir l'histoire de la médecine.

Ici, autant qu'ailleurs, la division du travail s'impose et
aussi la diversité des points de vue et des méthodes; il y a
bien des façons d'apporter sa contribution à l'histoire : si
l'érudition qui nous fournit les textes en est en quelque sorte
la base, car elle nous donne les éléments de l'analyse, il y a,
en outre, la critique — puis-je dire la philosophie de l'histoire?
— qui nous en offre la synthèse; et puis les à côtés, mais les
utiles à côtés, toutes les investigations des curieux du passé
dans le domaine de l'archéologie, de l'art, de la littérature et
aussi de la chronique qui, pour être l'histoire en robe de
chambre, n'en est souvent que la plus instructive des his-
toires.

Pour sentir l'esprit d'un temps qui n'est plus — on l'a dit,
avec raison — pour se faire contemporain des hommes d'autre-
fois, une lente étude et des soins affectueux sont nécessaires.
Mais, comme l'a écrit récemment un illustre romancier qui
est en même temps un historien sagace, la difficulté n'est
pas tant dans ce qu'il faut savoir que dans ce qu'il faut ne
plus savoir. « Si vraiment, ajoute-t-il, nous voulons vivre au
quinzième siècle, que de choses nous devons oublier : sciences, méthodes, toutes les acquisitions qui font de nous des
modernes! Nous devons oublier que la terre est ronde et que
les étoiles sont des soleils et non des lampes suspendues à
une voûte de cristal, oublier le système du monde de Laplace

pour ne croire qu'à la science de Saint-Thomas, de Dante et de ces cosmographes du moyen âge qui nous enseignent la création en sept jours et la fondation des royaumes par les fils de Priam après la destruction de Troye-la-Grande. Tel historien, tel paléographe est impuissant à nous faire comprendre les contemporains de la Pucelle. Ce n'est pas le savoir qui lui manque, c'est l'ignorance (1).» De même, Messieurs, pour goûter Hippocrate, il faut nous résoudre à oublier notre séméiologie actuelle, précise et compliquée; pour pénétrer Gallien, à ne plus nous souvenir de notre physiologie; pour admirer Van Helmont ou Sylvius de Le Boë, nous devons désapprendre ce que nous pouvons savoir de chimie, et pour lire avec intérêt Stahl et Barthez, il faut nous abstraire des données courantes de la psychologie d'aujourd'hui.

Sans remonter si haut, laissez-moi vous dire que nous ne comprendrions pas tout à fait Laënnec, ni ses contemporains, ni même ses successeurs plus rapprochés de nous, si nous nous rappelions trop, en les étudiant, l'orientation vers laquelle nous ont conduits, depuis vingt ans, les travaux sur les maladies microbiennes.

L'historien doit faire un perpétuel effort vers l'hallucination négative, et ce n'est pas toujours le plus commode de sa tâche.

*
* *

De même qu'il y a plusieurs manières de s'intéresser à l'histoire, il y a plusieurs manières de l'enseigner.

On peut, avec la minutie de l'érudit, s'attacher aux détails curieux d'une figure ou d'une époque, avec l'esprit circonscrit du spécialiste, s'y occuper de l'histoire d'une spécialité, ou, si l'on est séduit davantage par l'évolution de nos connaissances, regarder les choses d'un coup d'œil forcément un peu plus vague, mais plus général et plus large. Je ne saurais dire quelle est la meilleure manière; si même il y a une meilleure manière; toutes ont leurs inconvénients et leurs avantages.

---

(1) Anatole France.— Jeanne d'Arc, 1908.

J'ai pour les érudits qui facilitent la tâche à ceux qui ne le sont pas, l'admiration que commande la reconnaissance des services rendus; pour les spécialistes, une sympathie qui ne surprendra personne. Mais ne pouvant prétendre à être des premiers et ne voulant être ici des autres, j'ose dire que ce qui me rend un peu moins mal à l'aise à cette place, c'est de songer que l'enseignement le plus retentissant de l'histoire n'a pas toujours été celui donné par les professionnels de l'histoire : Malgaigne était le chirurgien et Andral le médecin que vous savez.

Pour enseigner l'histoire de la médecine ce n'est pas une condition suffisante, mais c'est une condition nécessaire de l'aimer. A défaut d'autre qualité, laissez-moi, Messieurs, me recommander de cette dernière.

Je ne l'aime pas et n'ose vous conseiller de l'aimer à la façon du collectionneur exclusif qui limite ses regards à l'époque dont il recueille les documents. Souhaitons qu'il y ait des historiens de la médecine qui s'attachent à l'histoire pour l'histoire, uniquement parce qu'elle est le passé et que la contemplation du passé est pleine de charme : ils nous rendront de bons services.

Mais notre culte à nous ne doit pas être de ceux qui entravent l'action et stérilisent l'énergie. Emerson a eu raison de dire « que c'est la vie seule qui compte, et non pas d'avoir vécu. »

Si je vous convie à étudier avec intérêt nos traditions, c'est pour en tirer les enseignements qui nous peuvent servir à mieux discipliner notre esprit dans le présent et à nous orienter avec plus de sûreté vers l'avenir. Ainsi comprise, l'histoire ne perd rien, au contraire, de ce qui la rend captivante, et elle devient génératrice d'effort. Cultivons-la donc, mais en restant des médecins.

*
* *

Puisque ma fonction est de regarder vers le passé, vous ne serez pas surpris qu'en débutant dans ce cours, ma pensée se porte d'abord vers ce qui m'y touche le plus directement et de plus près.

C'est presque autant une obligation de ma charge qu'un

devoir de mon cœur d'exprimer publiquement ici ma dette de reconnaissance envers les maîtres auxquels je dois le peu que je suis. A cette heure ils revivent tous dans mon souvenir, maîtres de mon jeune âge, maîtres chers de l'Ecole de médecine de Limoges et tous ceux qui, dans les hôpitaux de Paris ou dans cette Faculté, m'ont fait profiter de leurs leçons, de leurs conseils et de leur appui. Je n'ai jamais mieux compris qu'aujourd'hui la haute portée du précepte du vieillard de Cos : « Tu regarderas comme ton père celui qui t'aura enseigné la médecine. »

Si je ne puis évoquer ici les noms de tous ceux à qui va mon souvenir ému, il en est deux au moins qu'on pourrait s'étonner de ne pas trouver sur mes lèvres.

Depuis le jour où il m'agréa comme interne, le professeur Proust a été pour moi le meilleur des maîtres. Dans aucune des circonstances de ma vie, son amitié ne m'a fait défaut. Sans se lasser, il m'a prodigué ses avis précieux, qui étaient ceux d'un observateur averti. Aujourd'hui, Messieurs, ma satisfaction n'est pas entière puisqu'il n'est plus là pour m'accompagner à cette place où l'un de ses ardents désirs avait été de me voir.

Charcot est l'un de ceux auxquels je dois le plus. On a fait bien souvent son éloge, et je ne vous redirai pas, après tant d'autres, et moins bien qu'eux, ce que fut le grand médecin et l'incomparable professeur. Mais, ce qu'on n'a peut-être pas dit assez, c'est le maître qu'il a été par l'exemple. Ma dette envers Charcot est immense, et je ne saurais ici la détailler; qu'on me permette pourtant de me souvenir que parmi les choses, qu'à son commerce m'a enseignées ce grand silencieux, il en est deux entre autres que je voudrais avoir apprises : la première, que pour bien voir il n'y a pas de meilleur moyen que de bien regarder; la seconde, qu'on doit s'efforcer de ne parler que pour dire quelque chose.

N'est-ce pas le lieu de rappeler que Charcot fut, à sa façon, un historien. L'artiste qu'il était a montré le parti qu'on pouvait tirer de l'étude médicale des œuvres d'art. Dans cette voie, il a été un initiateur, et vous savez ce que sa méthode, appliquée depuis vingt ans par ses élèves ou

par d'autres, a fourni à la critique et à l'histoire de la médecine de notions curieuses et imprévues.

Au souvenir de Charcot et de Proust, il m'est agréable
d'associer celui de mes autres maîtres d'internat Ch. Périer,
Péan, Legrand du Saulle, Delasiauve.

J'ai l'honneur d'avoir aujourd'hui pour parrains devant
vous le doyen d'hier, sous le décanat duquel j'ai été nommé,
et le doyen d'aujourd'hui. Je ne sais si le professeur Debove
et le professeur Landouzy se rappellent qu'ils ont été mes
maîtres; moi, je n'ai pas oublié que j'ai été leur élève et qu'à
cette période de la vie où, n'étant rien, j'aspirais à devenir
quelque chose, ils ont été mes directeurs et mes conseillers.
J'ai l'illusion d'être rajeuni en parlant devant eux, et il me
semble qu'ils sont ici pour me rendre, après cette leçon, le
service d'une dernière argumentation.

*
* *

Messieurs, la chaire d'histoire de la médecine ne date
pas d'hier. Depuis son origine elle a subi bien des vicissi-
tudes.

Lorsque la Convention, par le décret du 14 frimaire an III
(novembre 1794), organisa l'Ecole de santé de Paris, elle y
fit à l'histoire médicale une large place; dans sa légitime
passion d'innover, elle n'avait pas perdu le souci de la tradition.

Le directeur de l'Ecole (il n'y avait pas alors de Doyen)
fut chargé de faire un cours sur la médecine d'Hippocrate
dans le traitement des maladies aiguës; le bibliothécaire
eut, avec rang de professeur, la mission d'enseigner la
bibliographie médicale; il y eut enfin une troisième chaire
magistrale, la vraie chaire d'histoire, celle-ci, qui toutefois
portait le double titre de chaire d'histoire de la médecine et
de médecine légale. A cette chaire étaient attachés — comme à
toutes les autres d'ailleurs — à la fois un professeur titulaire
et un professeur adjoint. L'adjoint n'était pas seulement un
remplaçant occasionnel, mais un professeur effectif. Si bien
que, si chacun faisait son devoir, il y avait à l'Ecole de santé
un quintuple enseignement de l'histoire.

On est moins prodigue aujourd'hui.

Nous savons, d'autre part, que le directeur de l'Ecole ne se tenait pas pour satisfait et réclamait, sans succès, il est vrai, une chaire de philosophie de la médecine, qui n'eût été évidemment qu'une chaire d'histoire, la philosophie n'étant pas grand'chose, au moins en médecine, si elle n'est pas une méditation sur le passé.

Contrairement au proverbe, abondance de bien nuit quelquefois. Les résultats de cet enseignement multiple et compliqué ne furent pas ceux qu'on eût pu attendre. Thouret, le directeur, disserta sur Hippocrate — sans doute comme il devait le faire — jusqu'en 1809, sans que son enseignement, celui-là du moins, ait laissé grande trace. Quant aux bibliothécaires, Sue et Moreau (de la Sarthe), ils durent, j'imagine, enseigner consciencieusement, quoique sans éclat, la bibliographie, puisqu'on fit du premier, en 1808, un professeur de médecine légale et histoire, ce qui, sans doute, était tenu pour un avancement, et que le second, bibliothécaire tout court de 1808 à 1815, fut nommé à cette dernière date bibliothécaire professeur et investi plus tard de la chaire d'histoire de la médecine quand celle-ci, par un décret du 23 février 1819, fut séparée de la médecine légale et rattachée, ce qui était plus logique, à la bibliographie.

Du 14 Frimaire an III à 1819, pendant la période d'union, la médecine légale paraît avoir été la sacrifiée sans que l'histoire ait grandement, toutefois, bénéficié du sacrifice; seul peut-être avec Mahon, Royer Collard, qui fut le dernier titulaire (12 mai 1816 au 23 février 1819) de cette chaire hétéroclite, pouvait passer pour un médecin légiste; encore fut-il surtout un aliéniste. Historien, aliéniste, médecin légiste ! Il n'est pas démontré qu'il soit impossible d'être en même temps un peu tout cela; il me paraît en tout cas difficile d'enseigner, comme il convient, à la fois l'histoire, la médecine légale et la pathologie mentale, du moins simultanément et au même lieu.

Lassus (1) fut le premier titulaire de la chaire. Membre de l'Académie royale de chirurgie, il avait écrit, en 1783 :

---

(1) Nous avons dressé ci dessous le tableau des professeurs titulaires ou adjoints qui se sont succédé à la chaire d'histoire de la

« Un discours historique et critique sur les découvertes faites
en anatomie par les anciens et les modernes. » Un chirurgien à l'histoire de la médecine ! N'était-ce pas comme une
revanche des anciens rivaux des médecins, devenus leurs
égaux, et dont Lassus allait, sans doute, conter avec autorité
les luttes patientes et tenaces pour la conquête de leurs
droits. Le rôle pourtant, bien que tentant, ne semble pas
l'avoir séduit, car il ne garda la chaire que peu de temps,
du 14 Frimaire au 2 Messidor an III. Il la quitta au bout de
quelques mois pour celle de pathologie externe, créant ainsi
un précédent que d'autres devaient imiter.

Jean Goulin lui succéda. C'était une personnalité curieuse
et sympathique, quoi qu'aient dit ses contemporains. D'origine très modeste, on le destina tour à tour à la prêtrise, à la
basoche, à la médecine. Faute d'argent, car il en fallait,
paraît-il, il ne put se faire prêtre ; et aussi peut-être parce
qu'il ne savait pas, comme il l'a dit, qu'on pût être « curé,
évêque et même cardinal et ne pas croire en Dieu ». La basoche ne lui plut pas : il ne put se faire, dit Pierre Sue, « à

---

médecine et de la médecine légale, et à celle d'histoire et de biographie médicale.

A. — Chaire d'histoire de la médecine et de la médecine légale :

Lassus, prof. titulaire (14 frimaire au 2 messidor an III).
Mahon, prof. adjoint   id.   id.
Mahon, prof. titulaire (2 messidor an III au 1 pluviose an IX).
Goulin, prof. adjoint   id.   id.
Cabanis, prof. adjoint (9 prairial an VII au 6 mai 1808).
Le Clerc, prof. titulaire (9 pluviose an IX au 23 janvier 1808).
Sue, prof. titulaire (30 janvier 1808 au 28 mars 1816).
Royer-Collard, prof. titulaire (12 mai 1816 au 23 février 1819).

La chaire étant pourvue simultanément d'un professeur titulaire
et d'un adjoint, il est vraisemblable que l'un enseignait l'histoire,
l'autre la médecine légale. C'est ainsi que Mahon paraît avoir enseigné tour à tour la médecine légale et l'histoire, Le Clerc probable-
ment la médecine légale, de même que Royer-Collard.

B. — Chaire d'histoire et de bibliographie :

J.-L. Moreau (de la Sarthe) : 23 février 1819 au 21 nov. 1822.

C. — Suppression de la chaire de 1822 à 1870.

D. — Rétablissement de la chaire en 1870 (legs Salmon de Champotran) :

Daremberg (1870 à 1872), Lorain (1873 à 1875), Parrot (1876 à
1879), Laboulbène (1879 à 1898), Brissaud (1898 à 1900), Déjerine
(1900 à 1907).

sucer la substance du pauvre et de l'innocent ». Médecin, il le fut à peine : en tout cas il ne paraît pas avoir été docteur, au moins de Paris. C'était un lettré passionné, qui savait par cœur Virgile, Homère, Horace et Quintilien, et avait appris l'arabe pour lire Avicenne dans le texte. Longtemps il vécut misérablement du produit des leçons qu'il donnait comme précepteur et de quelques travaux littéraires. Sur ses économies pourtant il avait trouvé moyen d'acquérir une bibliothèque de plus de trois mille volumes, dont il céda pour vivre, moyennant une pension de 600 livres, la nue-propriété à une sorte d'usurier qui accapara la bibliothèque et ne paya pas la pension.

Il avait 68 ans quand il fut nommé professeur d'histoire de la médecine; il ne professa que trois ans, du 4 Messidor an IV au 2 Floréal an VII, époque de sa mort.

« C'était un érudit plus qu'un historien ». Le reproche est de Daremberg; de pareille source, il est grave.

Les trois ans de cours de Goulin emplissent quatre gros volumes manuscrits, que conserve pieusement la ville de Reims dont il était. Quatre volumes in folio ! et l'histoire s'arrête à l'école d'Alexandrie !

Rassurez-vous, Messieurs, je n'imiterai pas Goulin.

Cabanis fut appelé à le remplacer. En 1797, il avait été nommé titulaire de la chaire de clinique de perfectionnement, qu'occupèrent avant lui Pelletan et Lallement. Cette chaire, installée dans le couvent des Cordeliers, à l'hospice de l'Ecole, était comme une chaire d'enseignement médical supérieur, où le professeur devait disserter sur les « cas rares et les théories médicales les plus récentes ». Absorbé par d'autres soins, Cabanis n'y parut pas. Son intention avait été d'y parler d'Hippocrate, si l'on en juge par les leçons d'ouverture et de clôture qui ne furent jamais faites, mais dont on a les manuscrits (1).

En 1799, il demanda son transfert à la chaire de médecine légale et d'histoire devenue vacante par la mort de Goulin.

---

(1) François Labrousse. — Quelques notes sur un médecin philosophe : P.-J.-G. Cabanis (Paris 1903).

Il différait en tout de son prédécesseur. Goulin avait l'esprit méticuleux et un peu borné d'un déchiffreur de textes; Cabanis, la large envergure d'un esprit philosophique et synthétique; le premier, timide, ombrageux, peu sociable, avait vécu retiré, d'une vie difficile et gênée; Cabanis, quoique de santé délicate, avait, au contraire, grâce à une intelligence particulièrement brillante et très portée aux idées générales, des dons de séduction qui lui ouvrirent aisément les cercles les plus cultivés de son temps, où il y en eut de remarquables. Il connut d'Alembert et Diderot, fut l'ami de Franklin, de Condorcet et de Garat, vécut dans une intimité étroite avec Mme Helvétius, qui groupait autour d'elle les hommes les plus distingués de l'époque. Il fut le médecin de Mirabeau.

La politique ne pouvait pas ne pas l'attirer à un moment où, chez un homme de sa sorte, l'indifférence eût paru un crime et l'abstention une désertion. Il traversa la Terreur sans encombre, fut membre du Conseil des Cinq cents pour le département de la Seine, approuva le 18 Brumaire et devint sénateur de l'Empire, bien qu'il battît froid au maître du jour, dont il n'avait pas, ce qui surprend, deviné les visées, et qui, au surplus, « n'aimait pas les idéologues ».

On ne s'étonnera pas, surtout avec une santé chancelante, qu'il ait trouvé peu de temps pour enseigner l'histoire de la médecine. Il ne semble pas, en effet, qu'il ait tenu sa seconde chaire avec plus d'exactitude que la première. Il faut le déplorer pour sa gloire : en politique, il ne fut qu'un comparse; on est en droit de penser qu'il eût été un professeur utile et fécond. Son nom compterait peu dans l'histoire s'il n'avait laissé deux livres qui le protègent contre l'oubli : *Coup d'œil sur les Révolutions et Réforme de la médecine* et les *Rapports du physique et du moral de l'homme*, où il reprit une thèse devenue banale aujourd'hui, fort audacieuse alors, qui avait été entrevue par un grand ancêtre, Gallien, et, plus près de nous, déjà développée par La Mettrie. Les psychologues lisent encore le second de ces ouvrages avec intérêt, et les professeurs d'histoire de la médecine peuvent toujours tirer profit du premier.

En 1808, Pierre Sue prit la succession de Cabanis. Il était chirurgien et néanmoins occupait à la Faculté les fonctions de bibliothécaire, dans lesquelles il avait rendu des services. Je ne saurais dire si, pourvu d'une chaire qui visait à la fois la médecine légale et l'histoire, il enseigna plus la seconde que la première. En tout cas, comme Mahon qui s'était plutôt consacré à la médecine légale, bien qu'il eût publié une *Histoire de la médecine clinique depuis son origine jusqu'à nos jours*, il était apte à le faire. Il a laissé, en effet, plusieurs travaux historiques, des essais sur l'art des accouchements, une histoire du galvanisme, des éloges ou des biographies, notamment de Goulin, de Bichat, de Lassus.

Moreau (de la Sarthe) fut appelé à la chaire d'histoire en 1819, quand celle-ci, séparée de la médecine légale, fut rattachée à la bibliographie. Il s'y occupa surtout de questions de philosophie médicale, que Daremberg, qui ne le goûtait pas, appelle un peu dédaigneusement : questions générales et creuses. Il poursuivit son enseignement jusqu'en 1822.

A cette époque, vous savez ce qui advint; on vous le rappelait récemment avec esprit. Le pouvoir était peu sympathique à la Faculté de médecine (1). On y supportait avec impatience ceux des professeurs qui, suivant l'expression de M. de Frayssinous, grand maître de l'Université, « avaient le malheur de vivre sans religion et de ne pas être dévoués à la famille régnante ». Les étudiants, un peu imprudemment peut-être, mais très généreusement, prirent fait et cause pour les suspects. Pas plus que ceux d'aujourd'hui ils n'aimaient les ingérences abusives du pouvoir, parce que, comme ceux d'aujourd'hui, ils respectaient et chérissaient leurs maîtres. Ils devaient bien, à la vérité, quelques années plus tard, menacer d'une froide réception un jeune professeur qu'on avait fait venir de Montpellier pour leur apprendre l'anatomie. Mais leur hostilité s'adressait moins à lui qu'à l'impopulaire ministre dont on le savait la créature. Au dernier moment, ils renoncèrent à la manifestation qu'ils

---

(1) L'Ecole de santé avait été érigée en Faculté en 1808.

avaient préméditée. Ils n'eurent pas à le regretter, car le maître, un instant en défaveur, s'appelait Cruveilhier.

Messieurs, j'espère vous montrer que l'histoire est quelquefois bonne conseillère.

La tourmente de 1822 amena, avec la dislocation temporaire de la Faculté, la suppression définitive de la chaire d'histoire. Celle-ci ne fut pas rétablie quand, en 1830, on rappela ceux des professeurs qui avaient été exclus par le gouvernement de la Restauration. Moreau (de la Sarthe) entre temps était mort, et on ne jugea pas opportun de lui donner un successeur. C'est en vain que Dezeimeris fit, en 1837, une brillante campagne en faveur de l'enseignement de l'histoire et que, en 1845, le Congrès médical demanda formellement le rétablissement de la chaire. L'incident est à retenir; les Congrès, me suis-je laissé dire, ne voient pas aujourd'hui les choses du même œil qu'il y a soixante ans; et ils se consoleraient, j'imagine, si on leur accordait, en place de l'enseignement où se traitent les questions « générales et creuses », un bon enseignement « pratique ». Certes, je ne saurai leur reprocher d'avoir le souci de ce qui est la base même de nos connaissances : l'homme vit d'abord de pain. Mais il ne vit pas exclusivement de pain; et un enseignement qui serait, suivant la formule inscrite sur certains drapeaux, seulement pratique, serait bien vite un enseignement terre à terre, sans ampleur, sans essor et sans avenir, comme une statue sans beauté et sans âme : la Vénus Hottentote. Je préfère la Vénus de Milo.

On ne tint pas compte en haut lieu du vœu des praticiens de 1845. La Faculté, d'ailleurs, était indécise sur l'opportunité de l'enseignement de l'histoire, tantôt le réclamant quand on ne voulait pas le lui donner, tantôt le refusant quand on le lui offrait.

Cet enseignement n'existerait vraisemblablement pas encore si, en 1869, un généreux maître des requêtes au Conseil d'Etat n'en avait, en le dotant, provoqué la création. Le nom de Salmon de Champotran ne doit pas être oublié à une leçon d'ouverture de ce cours.

La chaire offerte par M. de Champotran échut à Darem-

berg qui, depuis plusieurs années, professait l'histoire de la
médecine au Collège de France. Daremberg y avait tous les
droits. C'était un grand érudit qui avait compulsé la plupart
des manuscrits médicaux des bibliothèques d'Europe, traduit
Rufus et Oribase, donné des éditions françaises d'œuvres
choisies d'Hippocrate et de Gallien.

On a dit que c'était un lettré plus qu'un médecin, que son
érudition l'avait porté à regarder surtout les petits côtés de
l'histoire et « qu'il n'entendait rien aux choses d'ensemble ».
Quand même le reproche serait juste en partie, il ne suffirait
pas à nous faire oublier que, par ses patientes recherches,
Daremberg a singulièrement facilité la tâche de ses successeurs et que, sans lui, plusieurs parties de l'histoire de la
médecine leur eussent été difficilement accessibles. N'est-ce
pas le plus bel éloge que l'on puisse faire de ce savant cons-
ciencieux? Les leçons qui sont entre vos mains ont été faites
au Collège de France. Daremberg ne fit que passer à la Faculté : il y entra en 1870, en 1872 il mourait.

Lorain lui succéda. Ce n'était pas un historien, mais il
était capable de le devenir. D'un savoir étendu et varié,
lettré délicat, homme de goût, causeur plein de verve et de
charme, il sut, pendant deux ans, captiver un auditoire qu'il
attira nombreux. On a dit que « les traits du visage d'un
homme célèbre portent l'empreinte de ses mœurs ». Ce fut
le cas chez Lorain : sa tête puissante, à cheveux ras, son
visage à longue barbe qu'éclairait un regard expressif, à la
fois volontaire et doux, lui donnaient une vague ressem-
blance avec le chancelier de l'Hôspital. Il avait de ce dernier
la droiture et l'amour du devoir ; il succomba, en 1875, à une
attaque d'apoplexie, en portant ses soins à un malheureux
dans une mansarde du faubourg Saint-Antoine. Ceux qui
l'ont connu ne peuvent pas ne pas songer un peu à lui en li-
sant ce qu'il a écrit de Jenner (1) : « Sa vie avait été douce et
honnête, il l'avait accommodée sagement à la nature de son
génie... Il se réserva beaucoup de temps pour l'étude, il cul-
tiva quelques amis, et il conserva jusqu'à la fin une grande
confiance dans la science. »

(1) Conférences historiques faites à la Faculté de médecine. Paris, 1866. (Germ. Baillière, édit.).

Parrot, qui prit la chaire après lui, ne lui ressemblait pas physiquement : sa face osseuse et glabre, sa tête petite, mais délicatement taillée, sa chevelure un peu rare sur le front, mais qui retombait en boucles longues et gracieuses sur le cou, lui donnaient un aspect de clergyman distingué. Certains de ses traits rappelaient le visage de Guy Patin; il avait, en tout cas, la tête fine de l'artiste qu'il était. Originaire du Périgord, l'un des pays chers aux paléontologistes, il avait autant de goût pour la préhistoire que pour l'histoire, et il lui fit une place dans son enseignement. En 1879, il quitta la chaire d'histoire de la médecine pour celle de clinique infantile, nouvellement créée, et à laquelle lui donnaient droit ses remarquables travaux sur la pathologie de la première enfance.

Laboulbène le remplaça. Vous avez entendu ici même l'éloge de cet Agénais de marque dont ses compatriotes avaient raison d'être fiers; je ne le referai pas. Laboulbène, pendant vingt ans, de 1879 à 1898, enseigna l'histoire avec zèle, conviction et foi. On a dit qu'il avait la foi un peu solennelle; mais, Bossuet aussi! Il avait surtout une bonhomie captivante qu'agrémentait d'ailleurs la pointe d'aimable scepticisme qu'il savait apporter dans certaines des choses courantes de la vie.

Messieurs, mes prédécesseurs immédiats ne me pardonneraient pas de faire leur panégyrique. L'amitié que j'ai pour eux, et qui résulte d'une vieille « confraternité d'armes », m'enlève à leur égard l'impartialité nécessaire à l'historien. Si je disais ce que j'estime qu'ils sont et qu'ils ont été dans l'enseignement de l'histoire, j'aurais l'air, et Esculape m'en préserve, de faire prématurément leur oraison funèbre.

Est-ce le pur hasard qui a fait se succéder à cette chaire trois neurologistes? S'il en était ainsi, je vous laisserais le soin de décider si le hasard a bien ou mal fait les choses. J'imagine qu'il faut plutôt voir, dans cette succession imprévue, la manifestation de la puissance mystérieuse qui, au dire de certaines théogonies, contribue à mener les choses humaines. La neurologie et la psychologie se touchent de si près qu'elles sont, à vrai dire, inséparables. Or, l'histoire, celle de la médecine comme l'autre, n'est-elle par surtout une psychologie?

On ne peut même pas dire qu'elle ne soit pas quelquefois une psychologie pathologique : à preuve le grand Van Helmont, et, dussé-je scandaliser les derniers survivants de ceux qui s'enthousiasmèrent, il y a deux tiers de siècle, pour la médecine qui s'intitulait, je ne sais de quel droit, la médecine physiologique, je me risque à dire que le brillant auteur de *l'examen des doctrines médicales* et de la *phrénologie* présentait, d'une façon atténuée peut-être, mais indéniable, les caractères de ce que les psychiatres appellent la constitution paranoiaque de l'esprit. Ne m'accusez pas d'irrespect. « On doit, a dit Voltaire, des égards aux vivants; on ne doit aux morts que la vérité. »

Quel que soit l'intérêt que présente l'enseignement de l'histoire, il n'est pas invraisemblable que la Faculté eût pu céder, si elle n'avait été liée par des dispositions formelles, à la tentation de transformer cette chaire en une autre plus directement pratique. Mais, Messieurs, les Facultés proposent et, heureusement quelquefois, les donateurs disposent. De là la tournure inattendue qu'en certaines circonstances prennent les événements. Quand, dans un avenir qui s'annonce, dit-on, prochain, les cours auront quitté ces amphithéâtres pour émigrer vers les laboratoires ou les services hospitaliers, il restera pourtant ici un enseignement, celui-là même qu'on eût pu croire précaire et menacé, et qui, intangible et immuable, subsistera dans cette maison désertée pour continuer à y juger avec impartialité les hommes et les choses.

*
* *

Messieurs, l'heure est propice pour étudier l'histoire de la médecine. Le cardinal de Tournon (1) demandait un jour à Amyot pourquoi il s'attachait à ressusciter les héros de Plutarque : « C'est, répondit-il, qu'il fait un bon temps à converser avec les morts. » Nous sommes à un de ces moments. On n'eût pas pu en dire autant, il y a quelques siè-

---

(1) A. Lefèvre Pontalis. — J. de Witt, 1884.

cles, à l'époque où le culte de l'autorité empêchait toute initiative; l'histoire était alors un obstacle à l'émancipation de l'esprit. Ce qu'il y avait de mieux à faire n'était pas de lire Galien et Avicenne, mais de brûler leurs ouvrages en place de Bâle, comme le fit Paracelse. Aux grands maux, remèdes énergiques.

Actuellement, la situation est autre. Ne nous plaignons pas que le défaut de notre époque ne soit pas le servilisme à l'égard des anciens, mais disons-nous que notre savoir serait incomplet et risquerait de s'égarer s'il ne faisait aux aînés, dans le bilan de nos connaissances, la juste part qui leur revient.

Le prêtre égyptien (1) n'avait qu'à moitié raison quand il disait au Grec: « Vous êtes jeune parce que vous n'avez pas un long passé ». L'humanité, dans la suite de ses généra-, tions, n'est pas comme l'individu : elle se rajeunit incessamment, à la condition de ne pas s'immobiliser dans la tradition. Et ce n'est pas le péril que nous courons aujourd'hui.

Même si elle ne devait nous révéler qu'une suite de noms et de travaux oubliés, de théories et de doctrines tombées en désuétude, l'histoire vaudrait encore la peine d'être apprise. C'est bien assez que nous ayons devant nous cette énigme angoissante pour ceux qui pensent, qui s'appelle l'avenir, sans que, de gaîté de cœur, nous laissions derrière nous un large trou noir, celui d'où nous sortons, quand il nous suffit de vouloir pour y projeter la lumière.

Mais l'histoire fait mieux que satisfaire notre curiosité, elle est une grande éducatrice.

A constater l'instabilité des doctrines, la stérilité de bien des polémiques et souvent des plus véhémentes, on y apprend la tolérance, qui ne consiste pas, comme d'aucuns supposent, à exiger des autres le droit légitime d'exprimer sa pensée, mais à supporter patiemment que les autres expriment la leur.

On y apprend aussi la modestie. Que reste-t-il des livres à titre ambitieux qui s'appellent les *Institutions de médecine*, la *Médecine rationnelle systématique*, les *Nouveaux*

______
(1) Platon. — Le Timée.

éléments de la science de l'homme, la *Nosographie philosophique*, même quand ces livres sont signés des grands noms de Boheraave, d'Hoffmann, de Barthez, de Pinel ? Peu de chose. Moins en tout cas, que d'une courte description de Sydenham ou de Laënnec, d'une bonne expérience de Galien ou de Claude Bernard.

L'histoire nous enseigne encore la prudence quand nous pensons apporter des nouveautés qui ne sont souvent que des vieilleries oubliées. Récamier invente, en le modifiant, il est vrai, le spéculum, qu'avait déjà trouvé Paul d'Egine, et dont se servaient Franco, Ambroise Paré, Scultet et Garengeot ; la thermométrie clinique, vulgarisée par Wunderlich, était déjà en usage du temps de Haen et même de Boheraave et de Sanctorius ; lorsqu'on s'insurgeait, en 1865, contre les expériences de Villemin, qui venait de démontrer l'inoculabilité et, par conséquent, la contagiosité de la tuberculose, dont Requin disait, en 1854, qu'elle était un « fantôme chimérique et un vain épouvantail », on ne se doutait pas qu'elle était de notion courante au XVIe siècle (1) et que déjà, il y a seize cents ans, Alexandre d'Aphrodisie la considérait comme une vérité indiscutable.

Au bruit que fait la suggestion, peut-être en est-il parmi vous qui la croient nouvelle. Or, sans remonter aux origines de la médecine et au temps des prêtres d'Esculape, qui pratiquaient déjà habilement et systématiquement la psychothérapie, il n'est pas sans intérêt de rappeler que Michel Montaigne (2), qui détestait les médecins, pensait déjà que « l'effet de l'imagination supplée l'imposture de leur apozème » et ne protestait pas contre la légende qui attribuait à la suggestion « les cicatrices du roi Dagobert et de Saint-François ».

Je ne veux pas dire de mal de l'esprit de corps : il est un élément de force quand il concourt à établir, chez les membres d'une collectivité, des traditions d'honneur, de devoir,

---

(1) Meunier. — La contagion de la phtisie (Bulletin de la Soc. méd. de Gand).

(2) R. Delacroix. — Montaigne malade et médecin (Thèse de Lyon, 1907).

de droiture professionnelle. Mais il a ses dangers en ce qu'il favorise les préjugés et les préventions de groupe. L'ancienne Faculté s'est fait moins de tort par ses usages surannés qu'en combattant la circulation et repoussant les chirurgiens. L'histoire nous prémunit contre ces dangers : elle nous montre qu'aux organismes vieillis les critiques de leurs adversaires sont souvent plus utiles que les éloges de leurs partisans ; je parle des critiques sincères et non de celles des impuissants qui s'attaquent par système à tous les corps dont ils ne sont pas. Il est naturel que Guy Patin ait son portrait dans la galerie de notre Faculté, ne fût-ce que pour établir que l'esprit y est de tradition chez les doyens ; mais, s'il me fallait rechercher ceux qui, au XVIIᵉ siècle, ont été le plus utiles à la médecine et aux médecins, à Guy Patin je préférerais Molière ; soyons-lui reconnaissant de s'être attaqué aux ridicules et à la routine de nos aînés.

L'histoire nous rend encore d'autres services. Elle nous prémunit contre la tendance que nous avons à accepter sans critique l'enseignement de nos maîtres, et à nous y complaire même quand il a vieilli. Quoi qu'ait dit Montaigne, ce n'est pas le doute qui est un oreiller commode, mais la foi. Nous sommes sévères pour nos prédécesseurs du moyen âge qui, lorsque Mundinus montrait sur des cadavres humains des dispositions que Galien n'avait pas vues, en concluaient que la nature avait dû changer depuis son temps, car il n'était pas admissible que Galien ait pu se tromper. Et pourtant nous avons vu même chose dans des temps plus modernes. Il y a à peine trois cents ans que le père provincial de l'ordre des Jésuites, à Ingolstadt, répondait à Scheiner, qui venait de découvrir les taches du soleil, que ces taches devaient être dans sa lunette ou dans son œil, parce qu'Aristote ayant prouvé que le soleil était incorruptible, il ne pouvait pas ne pas être le flambeau le plus pur de l'Univers (1). Excusez-moi d'emprunter cet exemple à l'histoire de l'astronomie ; c'est pour éviter de mettre à trop rude épreuve votre amour-propre professionnel, en vous rappelant comment furent accueil·

---

(1) Flammarion. — Les Merveilles célestes, Paris, 1865, p. 185.

lies, par certains de nos anciens, la découverte de Harvey, celle de Laënnec, et aussi les premières communications de Pasteur. L'histoire nous montre que quand, après de longues et laborieuses recherches, un savant a fait une grande découverte, il se trouve toujours des gens d'esprit pour la combattre, sans prendre d'autre peine que celle nécessaire pour écrire un amusant article de journal ou faire un brillant discours académique. Messieurs, en pareille occurrence, ne soyez pas du côté des gens d'esprit.

C'est par l'histoire que nous apprenons les méthodes qui ont servi à la constitution et aux progrès de la médecine. La médecine n'a pas eu à se louer des appels prématurés ou inopportuns qu'elle a fait aux autres sciences. C'est par l'observation qu'Hippocrate a été conduit à la notion des crises, qui est une notion exacte ; c'est pour n'avoir pas su se défendre contre les conceptions de Pithagore qu'il a admis les jours critiques, qui sont une erreur ; c'est pour s'être laissé dominer par les hypothèses cosmogoniques de Thalès et d'Anaximène, d'Héraclite, d'Ephèse et d'Empédocle, que la médecine, depuis ses origines grecques et surtout depuis Galien, a subi, pendant plusieurs siècles, le joug stérilisant de la théorie des quatre humeurs et des quatre qualités ; c'est pour s'être appuyée sur les données hypothétiques d'une chimie dans l'enfance ou d'une physique insuffisante, qu'elle s'est immobilisée dans les rêveries de la chimiatrie et de l'iatro-mécanisme.

Loin de moi la pensée de mettre en doute les services précieux que peuvent rendre à la médecine, la chimie, la physique ou la mécanique. Je ne sais si Bordeu avait raison quand il parlait de « l'esprit de conquête » de ces sciences ; il était à coup sûr dans l'erreur, quand il disait avec Junker : « *Chemiæ usus in medicinà fere nullus* », et je vous donnerai le conseil contraire à celui qu'adressait au fils de son ami Belin, un illustre docteur-régent de cette Faculté, quand il lui écrivait : « Fuyez les leçons de chimie ». La chimie est peut-être notre suprême espérance. Mais dans le commerce intime qu'elle doit entretenir avec elle et avec la physique, la médecine aurait tort d'oublier que c'est par l'observation d'abord, par la méthode anatomo-clinique ensuite, plus tard

pär l'expérimentation appliquée à l'étude des effets patho-
gènes des infiniment petits, qu'elle est arrivée à se consti-
tuer. Ce serait une erreur historique d'appeler les sciences
annexes des sciences fondamentales ; ce ne serait pas assez
de les appeler, comme naguère, des sciences accessoires;
appelons-les, si vous voulez, des sciences auxiliaires.

L'histoire a encore d'autres rôles. La renommée ne dis-
cerne pas toujours avec clairvoyance, parmi les hommes
dont elle nous a transmis les noms, ceux qui ont vraiment
droit à notre éternelle reconnaissance, parce qu'ils ont été de
grands agents de progrès, de ceux à qui la venue à un
moment opportun, et leurs défauts plus souvent que leurs
qualités, ont ménagé une illustration factice. C'est l'histoire
qui remet les choses au point: il lui appartient de distribuer
la gloire avec plus de justice, et de distinguer les bons
ouvriers des révolutions fructueuses, qu'ils s'appellent
Ambroise Paré ou Rabelais, Vésale ou Bacon, Harvey ou
Voltaire, Galvani ou Pasteur.

Tandis que ceux-là font simplement et d'ordinaire modestement leur œuvre, on voit, de loin en loin, paraître sur la
scène, tel un figurant de théâtre, un personnage que des
circonstances propices placent parfois momentanément au
premier rang. Son nom change suivant l'époque, non ses
prétentions, ni son langage. Ecoutez-le : au premier siècle, il
s'écrie : « J'ai fondé une nouvelle secte, qui est la seule véri-
table, y ayant été obligé parce qu'aucun des médecins qui
m'ont précédé, n'a rien trouvé d'utile pour la conservation de
la santé. » Au XVIe : « Je ne vous suivrai pas, mais vous
me suivrez et aucun de vous, en quelque lieu qu'il se cache,
n'évitera que le chien ne lève la cuisse sur lui. Je serai
monarque, j'administrerai une monarchie. » Au XIXe siècle:
« La médecine française se traînait à la remorque derrière
toutes les médecines de l'Europe quand parut notre doc-
trine... éternelle comme la vérité. »

La vérité! Ce n'est point notre personnage qui la dé-
couvre. Qu'il s'appelle Thessalos, Paracelse ou Broussais,
qu'il soit grec de Rome, Suisse de Bâle ou Français de
Paris, il fait partout le même bruit, et nulle part durable

ouvrage. C'est à l'histoire qu'il appartient de le reléguer à sa vraie place.

*
* *

J'en ai dit assez, ce me semble, pour vous démontrer que l'histoire de la médecine n'est pas un vain passe-temps, qu'elle n'est ni sans intérêt, ni sans utilité. Quels que soient vos rêves d'avenir, que vous aspiriez à être des savants, ou simplement praticiens instruits, vous trouverez à l'apprendre avantage et profit. Rappelez vous ce qu'a dit Malgaigne : « Tout homme, fut-ce un génie, qui ne remonte pas au delà de son siècle pour la science, ressemble à un vieillard qui ne se souvient que de la veille. »

Vous voulez, avant tout, être des médecins, et vous avez raison de vous soucier d'abord des connaissances pratiques qui doivent vous servir à le devenir, mais, prenez-y garde, si vous dédaigniez la culture qui anoblit notre profession, vous rabaisseriez la médecine à n'être qu'un métier et trop souvent un médiocre métier, et la chirurgie à mériter la définition un peu méprisante qu'en donnait, en 1607, la Faculté, sur l'invitation du Parlement : « un art manuel borné à la diérèse, la synthèse et l'exérèse », quelque chose comme une menuiserie malpropre. Pour votre prestige et l'honneur de cette Faculté, j'imagine que vous visez plus haut.

Du reste, s'il s'en trouvait parmi vous qui bornent leur ambition à être des hommes de métier, ils auraient encore intérêt à parcourir les œuvres choisies des vieux auteurs. Bertruccius, je le reconnais, les induirait en erreur en leur donnant l'illusion « que la médecine est le premier des arts en raison de l'argent qu'on y gagne »; mais Laurent Joubert leur apprendrait que « ceux desquels on ne prand point d'argent, requièrent du médecin plus de soins et diligence que ceux desquels on attand récompense » et Jean d'Ardern qu'il faut toujours préluder à une opération en convenant d'un bon prix, et que lorsqu'on ne peut pas obtenir 100 marcs et une sente de 100 sols, il ne faut pas, en tout cas, réclamer moins de cent sous d'or, car « il ne faut compter sur la reconnaissance des malades, mais seulement sur les honoraires » (1). Au moins en était-il ainsi au

(1) Daremberg. — Histoire de la médecine, t. I, p. 301.

XVe siècle, et en Angleterre. En France, à la vérité, les choses, semble-t-il, se passent un peu mieux, car, vers la même époque, Guy de Chauliac, qui était « pitoyable et miséricordieux, » recommandait à ses confrères de n'être « ni convoiteurs ni extorsionnaires d'argent. »

Je n'ignore pas que vos moments sont comptés, vos programmes touffus, qu'après avoir donné aux obligations qu'on vous impose le temps qu'elles réclament, il vous en reste peu pour celles que vous pouvez vous imposer vous-même. Mais je présume que, parmi celles-là, il en est de moins utiles que l'étude de l'histoire.

Mon but sera de vous donner le goût de celle-ci, de diminuer votre effort par le mien, de vous épargner, en extrayant des livres souvent confus, les notions que vous n'avez pas le droit de ne pas posséder, les lectures superflues, que je ferai pour vous.

Je voudrais que ce cours, placé à la fin de la journée, après l'heure de vos études plus directement professionnelles, put vous être comme un utile délassement.

*_**

L'un de mes plus anciens prédécesseurs, Goulin, disait au début de ses leçons : « il y a certaines choses que j'ignore relativement à cette place, mais, ce que je n'ignore pas, c'est qu'il faut la remplir avec honneur, avec exactitude et avec zèle. » Permettez-moi de m'approprier ces paroles.

On raconte que Stahl, sollicité par Hoffmann de renoncer à son enseignement privé, pour prendre une chaire officielle à Halle, répondit fièrement à celui qui devait être son émule et son rival : « J'avais des auditeurs à Iéna, j'en saurai bien trouver à Halle. » Dans toute autre bouche que celle de Stahl pareille phrase dénoterait une intolérable présomption. Vous ne m'en voudrez pas, je pense, d'y prendre la formule du vœu que je forme, et d'exprimer ici, sinon l'espérance, du moins le désir que vous ne trouviez le chemin qui conduit d'Iéna — je veux dire de l'Hôtel-Dieu — à Halle, ni trop pénible, ni trop long.

Paris. — Imp. J. Gainche, R. Tancrède, Successeur, 15, rue de Verneuil.